La chartreuse de Parme

FichesdeLecture.com

LA CHARTREUSE DE PARME (FICHE DE LECTURE)   4

I. INTRODUCTION

II. RÉSUMÉ DU ROMAN

Avertissement

Livre I

Livre II

III. PRÉSENTATION DES PROTAGONISTES

Fabrice del Dongo

Le marquis del Dongo

Le lieutenant Robert

L'abbé Blanès

La duchesse Sanseverina

La marquise del Dongo

Clélia Conti

Le comte Mosca

Ferrante Palla

IV. AXES D'ANALYSE DE L'ŒUVRE

La figure du père

Waterloo, la noblesse et l'héroïsme

Incohérences et infidélités

DANS LA MÊME COLLECTION EN NUMÉRIQUE   12

À PROPOS DE LA COLLECTION   19

La chartreuse de Parme (Fiche de lecture)

I. INTRODUCTION

Henri Beyle (1783-1842), plus connu sous le nom de Stendhal, publie *La Chartreuse de Parme* en 1839, en deux volumes. Balzac salue son œuvre dans un article de la *Revue parisienne* en 1840 : « *M. Beyle a écrit un livre où le sublime éclate de chapitre en chapitre (…).N'est-ce pas faire une bonne action, que d'essayer de rendre justice à un homme d'un talent immense, qui n'aura de génie qu'aux yeux de quelques êtres privilégiés, et à qui la transcendance de ses idées ôte cette immédiate mais passagère popularité que recherchent les courtisans du peuple et que méprisent les grandes âmes ?* ». Cependant, jusqu'au début du XXe siècle, le roman ne circule que dans un cercle réduit de critiques littéraires et autres esthètes privilégiés. Cela semblait prévu par Stendhal, qui a dédicacé ainsi son ouvrage : « To the happy few ».

II. RÉSUMÉ DU ROMAN

Avertissement

L'auteur nous livre un avertissement en réalité très ironique, dans lequel il nous annonce qu'il ne fait que relater l'histoire que lui a racontée le neveu du chanoine Borda, et qui nous laisse entendre qu'il cherche à éviter les ennuis judiciaires et politiques. En fait, comme l'intégralité de l'œuvre, il faut tenir compte de l'ironie et du double sens utilisés par Stendhal pour mieux brouiller les pistes. L'ensemble du roman est d'ailleurs à considérer sous cet angle.

Livre I

Chapitre 1

Le 15 mai 1796, l'armée française parvient dans la ville de Milan. C'est deux années plus tard que naît Fabrice del Dongo au château de Grianta.

Chapitre 2

Sa tante, veuve du comte de Pietranera, s'installe à Grianta en 1814. Âgée de 30 ans, la dénommée Gina se pense déjà vieille. À cette période, Fabrice apprend le retour de Napoléon de l'île d'Elbe, et s'empresse de rejoindre son armée.

Chapitres 3-5

Fabrice participe à la bataille de Waterloo, lors de laquelle il aperçoit le général d'A...., que la marquise del Dongo avait autrefois hébergé lorsqu'il n'était que le simple lieutenant Robert. Sur la route du retour, le héros rencontre Clélia Conti, une toute jeune femme arrêtée par des gendarmes avec son père.

Chapitre 6

Gina se marie au duc de Sanseverina, un homme très discret et plus âgé, qui meurt quelque temps après. Elle part alors s'installer à Parme, où elle rencontre le comte Mosca, le futur Premier ministre, qui tombe amoureux d'elle.

Chapitre 7

Fabrice la rejoint ; Mosca est profondément jaloux de sa relation avec sa tante.

Chapitres 8-10

Fabrice s'éprend de Marietta, une jeune actrice. Il retourne ensuite en cachette à Grianta pour rendre visite à l'abbé Blanès, son père spirituel, qui lui a enseigné l'astronomie par le passé et prédit la prison. Ce voyage fait courir à Fabrice le risque d'être arrêté, puisqu'il a été dénoncé aux autorités autrichiennes pour sa participation à Waterloo)

Chapitres 11-13

Fabrice est attaqué par Giletti, amant de Marietta. Il tue son assaillant et s'enfuit à Ferrare, puis à Bologne où om retrouve la jeune femme. Il s'amuse à courtiser la Fausta, une cantatrice, ce qui dégénère lorsqu'il finit par blesser grièvement son rival.

Livre II

Chapitres 14-15

La Sanseverina intervient en faveur de Fabrice, menaçant le prince de quitter la cour de Parme si son protégé est menacé. Mosca fait échouer le chantage. Fabrice est donc condamné à douze ans de forteresse pour le meurtre de Giletti, officieusement pour des fins politiques. Incarcéré dans la Tour Farnèse, il aperçoit Clélia Conti dont le père gouverne la citadelle. Clélia s'apitoie sur son sort.

Chapitres 16-18

La Sanseverina se montre très rancunière envers Mosca. Pendant ce temps, en prison, Fabrice est étrangement heureux. En effet, il peut voir tous les jours Clélia nourrir ses oiseaux.

Chapitre 19

Si au départ la jeune femme est effrayée lorsque Fabrice lui fait signe, elle finit par accepter de correspondre avec lui.

Chapitres 20-21

Fabrice risque l'empoisonnement. C'est pourquoi la Sanseverina organise son évasion, aidée par Ferrante Palla, un poète amoureux d'elle. Mais c'est grâce à Clélia que Fabrice accepte de quitter sa cellule, car il est entre-temps tombé amoureux de la jeune femme.

Chapitres 22-24

Le plan fonctionne, Fabrice est libéré. La duchesse donne le signal à Ferrante Palla d'exécuter le Prince, tandis que Clélia s'en veut profondément d'avoir trahi son père. Fabrice reste face à la citadelle pendant de nombreux jours et il finit par se reconstituer prisonnier.

Chapitres 25-26

Inquiète, Clélia s'immisce dans sa cellule et s'offre à lui, tout en faisant le vœu à la Madone de cesser de le voir ensuite. Pendant ce temps, la Sanseverina promet ses faveurs au nouveau prince si Fabrice est libéré. Une fois que c'est chose faite, Clélia obéit à son vœu, et devient bien malgré elle la marquise de Crescenzi.

Chapitre 27

La Sanseverina quitte définitivement Parme pour s'établir à Naples. Elle y épouse Mosca. Fabrice s'est entre temps mis à prêcher. On lui a promis l'archevêché de Parme. Transformé par la tristesse, ses sermons bouleversent les foules.

Chapitre 28

Clélia trahit son vœu puisqu'elle donne rendez-vous à Fabrice après l'un de ses sermons. Ensemble, ils ont un fils, Sandrino, qui meurt préco-cement. Clélia pense qu'il s'agit d'une punition divine. Elle décède, tandis que Fabrice, retiré à la chartreuse de Parme, meurt un an plus tard. Quant à la Sanseverina, elle ne lui survit que peu de temps.

III. PRÉSENTATION DES PROTAGONISTES

Fabrice del Dongo

Il est le personnage principal de l'histoire, bien qu'il soit difficile de le classer « héros » pour autant. Son enfance et son évolution, de même que ses ascendants, sont à l'image de celle de Stendhal. Fabrice a des qualités le prédisposant au succès : il est beau, courageux et spontané. Nous sommes loin ici d'un Julien Sorel, car sa naissance aristocratique le pousse naturellement à croire que le bonheur est une chose normale. Cependant, son père reste l'inconnu du roman (est-ce une vengeance de Stendhal envers sa propre existence ?). On devine cependant que le lieutenant Robert est probablement le père biologique de Fabrice.

Enfermé dans la tour Farnèse, où il se croit prisonnier pour toute son existence, il est en proie à un étrange bonheur. On voit d'ailleurs à ce moment qu'il s'en remet à des ressources profondément individuelles, bien plus qu'à l'amour comme condition d'apaisement. Fabrice est donc capable d'attendre et d'écouter son cœur.

Le marquis del Dongo

Il se méfie de l'éducation, voire en a une « sainte horreur », car celle-ci permet de faire circuler des idées nouvelles qui le dérangent. Le marquis est donc un réactionnaire, qui plus est partisan de l'Autriche.

Le lieutenant Robert

Hébergé au château de Grianta lors de l'occupation de l'Italie par les troupes françaises, il est probablement le véritable père de Fabrice. Il devient le Général d'A...

L'abbé Blanès

Première figure ecclésiastique à apparaître dans l'œuvre, il a élevé et aimé Fabrice comme un fils. Il apparaît d'ailleurs comme un véritable père de substitution pour lui : « c'était son véritable père ». Ainsi, sa mort fait figure de décès d'un père traditionnel, qui donne à son fils ses derniers conseils sur son lit de mort.

La duchesse Sanseverina

Tante de Fabrice, Gina del Dongo est successivement dénommée comtesse Pietranera, duchesse Sanseverina et comtesse Mosca. C'est un personnage haut en couleur qui a beaucoup inspiré les critiques littéraires. Elle semble parfois éprouver quasiment de l'amour envers son neveu : *"S'il eut parlé d'amour, elle l'eût aimé ; n'avait-elle pas déjà pour sa conduite et sa personne une admiration passionnée ? »* L'intimité de leur relation rend d'ailleurs Mosca fou de jalousie.

La marquise del Dongo

La mère de Fabrice déplore dès le début l'ignorance de son fils : « « S'il me semble peu instruit, se disait-elle, à moi qui ne sais rien, Robert, qui est si savant, trouverait son éducation absolument manquée ; or maintenant il faut du *mérite.* »

Clélia Conti

Alors qu'elle est âgée de douze ans lorsqu'ils se rencontrent, Fabrice est frappé par la beauté de la jeune Clélia, lors de son arrestation en compagnie de son père. Par la suite, elle devient de plus en plus proche du héros, lui apportant son soutien dès son séjour en prison.

Le comte Mosca

Le comte est en quête perpétuelle du bonheur. Son égotisme est parfois suspect. En effet, il considère le monde comme une grande comédie dans laquelle on peut aisément se compromettre sans altérer l'essence de son identité. Il est profondément amoureux de la Sanseverina (d'où sa jalousie) ; en effet, il est toujours prêt à tout abandonner pour cette dernière. Cependant, il n'atteint pas le rang des véritables héros du roman, qui sont prêts au renoncement jusqu'à la mort.

Le Comte Mosca sert un tyran sans éprouver trop de scrupules. Toutefois, il reste un homme d'esprit et de cœur.

Ferrante Palla

Poète républicain et régicide, il est l'« homme des bois », déchiré entre génie et folie. Notre vision de ses idéaux politiques profonds doit cependant être tempérée par le fait qu'il assassine le prince par amour pour la duchesse, non par conviction politique.

IV. AXES D'ANALYSE DE L'ŒUVRE

La figure du père

La question de la paternité est importante pour l'auteur, lui-même semblant régler ses comptes à travers le personnage de Fabrice.

Malgré le mystère premier de sa naissance, Fabrice a un nom et un rang à assumer : il est d'une famille aristocratique, et devra se construire en tant que tel. Mais faute de s'identifier clairement à un père biologique, Fabrice multiplie les références aux figures masculines « fortes » du roman : l'abbé Blanès, certes, mais aussi Napoléon. Ce dernier lui fournit un modèle héroïque, tandis que l'abbé est une figure de substitution à travers l'initiation à la vie adulte et l'éducation qu'il lui transmet.

Waterloo, la noblesse et l'héroïsme

Fabrice se sent prédisposé à l'héroïsme, et plusieurs détails paraissent annoncer un destin glorieux : autour de sa naissance encore obscure se dessine une sorte d'origine mythique, et son véritable père serait un grand soldat. Ensuite, l'éducation dispensée par l'abbé Blanès amène le héros à rechercher et interpréter des signes sur son existence : il remarque ainsi un aigle, ce qui le pousse à s'engager auprès de Napoléon, dont l'oiseau est un symbole. Et ne déclare-t-il pas : « cet homme marqué par le destin » ?

On rejoint ici l'idée que Fabrice a l'imagination nourrie par de nombreux modèles héroïques depuis sa plus tendre enfance. Que cela passe par ses lectures ou bien des personnes réelles (nous avons déjà cité Napoléon), il est fasciné par l'audace et la grandeur de ceux qu'il admire. C'est un réel moteur du roman et de ses tribulations que cette capacité à admirer.

Cependant, la bataille de Waterloo montre que l'héroïsme n'est en fait pas atteint par Fabrice. Il y a un véritable fossé entre ses rêves de gloire et la réalité du combat. La fragmentation du récit de cette bataille correspond bien à l'inexpérience et à la naïveté du héros (voir le chapitre 3). Fabrice agit parfois comme un enfant en plein cœur de la guerre, en se montrant distrait et rêveur par moments. Cela détruit la première impression d'atmosphère épique, qui n'est en fait qu'une illusion, à l'image des rêves de grandeur de Fabrice.

En réalité, Fabrice devra rechercher le statut de héros dans un autre cadre que celui dont il avait rêvé. Il reste le « blanc-bec » ou « mon petit » lorsqu'il est dans l'armée. C'est donc ailleurs qu'il devra se construire son identité d'homme, ce qui sera possible à d'autres moments du roman.

Incohérences et infidélités

Dans son roman, Stendhal a choisi de ne pas toujours respecter les faits géographiques ou historiques, afin de mieux servir son intrigue.

Par exemple, il est impossible que Fabrice puisse contempler la chaîne des Alpes depuis sa prison à Parle. De même, l'âge de la Sanseverina semble parfois très aléatoire selon les moments de l'œuvre. L'auteur privilégie ce qu'il veut transmettre, plutôt que de s'attarder sur les conditions matérielles réalistes de certains éléments. Il n'existe pas non plus de château de Grianta près du lac de Côme.

Sur le plan historique, ensuite, d'autres problèmes apparaissent, mais ils sont liés à la complexité de l'intrigue. Ainsi, la principauté de Parme choisie par Stendhal répond peu à la réalité historique de l'époque. C'est un choix tout à fait volontaire, afin de s'effacer discrètement face aux spécialistes du « roman historique », prônant l'idée que la fiction ne doit pas remettre en cause les faits et données essentiels de l'Histoire.

Dans la même collection en numérique

Les Misérables

Le messager d'Athènes

Candide

L'Etranger

Rhinocéros

Antigone

Le père Goriot

La Peste

Balzac et la petite tailleuse chinoise

Le Roi Arthur

L'Avare

Pierre et Jean

L'Homme qui a séduit le soleil

Alcools

L'Affaire Caïus

La gloire de mon père

L'Ordinatueur

Le médecin malgré lui

La rivière à l'envers - Tomek

Le Journal d'Anne Frank

Le monde perdu

Le royaume de Kensuké

Un Sac De Billes

Baby-sitter blues

Le fantôme de maître Guillemin

Trois contes

Kamo, l'agence Babel

Le Garçon en pyjama rayé

Les Contemplations

Escadrille 80

Inconnu à cette adresse

La controverse de Valladolid

Les Vilains petits canards

Une partie de campagne

Cahier d'un retour au pays natal

Dora Bruder

L'Enfant et la rivière

Moderato Cantabile

Alice au pays des merveilles

Le faucon déniché

Une vie

Chronique des Indiens Guayaki

Je voudrais que quelqu'un m'attende quelque part

La nuit de Valognes

Œdipe

Disparition Programmée

Education européenne

L'auberge rouge

L'Illiade

Le voyage de Monsieur Perrichon

Lucrèce Borgia

Paul et Virginie

Ursule Mirouët

Discours sur les fondements de l'inégalité

L'adversaire

La petite Fadette

La prochaine fois

Le blé en herbe

Le Mystère de la Chambre Jaune

Les Hauts des Hurlevent

Les perses

Mondo et autres histoires

Vingt mille lieues sous les mers

99 francs

Arria Marcella

Chante Luna

Emile, ou de l'éducation
Histoires extraordinaires
L'homme invisible
La bibliothécaire
La cicatrice
La croix des pauvres
La fille du capitaine
Le Crime de l'Orient-Express
Le Faucon malté
Le hussard sur le toit
Le Livre dont vous êtes la victime
Les cinq écus de Bretagne
No pasarán, le jeu
Quand j'avais cinq ans je m'ai tué
Si tu veux être mon amie
Tristan et Iseult
Une bouteille dans la mer de Gaza
Cent ans de solitude
Contes à l'envers
Contes et nouvelles en vers
Dalva
Jean de Florette
L'homme qui voulait être heureux
L'île mystérieuse
La Dame aux camélias
La petite sirène
La planète des singes
La Religieuse
1984 A l'Ouest rien de nouveau
Aliocha
Andromaque
Au bonheur des dames
Bel ami
Bérénice
Caligula
Cannibale
Carmen

Chronique d'une mort annoncée

Contes des frères Grimm

Cyrano de Bergerac

Des souris et des hommes

Deux ans de vacances

Dom Juan

Electre

En attendant Godot

Enfance

Eugénie Grandet

Fahrenheit 451

Fin de partie

Frankenstein

Gargantua

Germinal

Hamlet

Horace

Huis Clos

Jacques le fataliste

Jane Eyre

Knock

L'homme qui rit

La Bête humaine

La Cantatrice Chauve

La chartreuse de Parme

La cousine Bette

La Curée

La Farce de Maitre Pathelin

La ferme des animaux

La guerre de Troie n'aura pas lieu

La leçon

La Machine Infernale

La métamorphose

La mort du roi Tsongor

La nuit des temps

La nuit du renard

La Parure

La peau de chagrin

La Petite Fille de Monsieur Linh

La Photo qui tue

La Plage d'Ostende

La princesse de Clèves

La promesse de l'aube

La Vénus d'Ille

La vie devant soi

L'alchimiste

L'Amant

L'Ami retrouvé

L'appel de la forêt

L'assassin habite au 21

L'assommoir

L'attentat

L'attrape-coeurs

Le Bal

Le Barbier de Séville

Le Bourgeois Gentilhomme

Le Capitaine Fracasse

Le chat noir

Le chien des Baskerville

Le Cid

Le Colonel Chabert

Le Comte de Monte-Cristo

Le dernier jour d'un condamné

Le diable au corps

Le Grand Meaulnes

Le Grand Troupeau

Le Horla

Le jeu de l'amour et du hasard

Le Joueur d'échecs

Le Lion

Le liseur

Le malade imaginaire

Le Mariage de Figaro

Le meilleur des mondes

Le Monde comme il va

Le Parfum

Le Passeur

Le Petit Prince

Le pianiste

Le Prince

Le Roman de la momie

Le Roman de Renart

Le Rouge et le Noir

Le Soleil des Scortas

Le Tartuffe

Le vieux qui lisait des romans d'amour

L'Ecole des Femmes

L'Ecume Des Jours

Les Bonnes

Les Caprices de Marianne

Les cerfs-volants de Kaboul

Les contes de la Bécasse

Les dix petits nègres

Les femmes savantes

Les fourberies de Scapin

Les Justes

Les Lettres Persanes

Les liaisons dangereuses

Les Métamorphoses

Les Mouches

Les Trois mousquetaires

L'étrange cas du Dr Jekyll et de Mr Hyde

L'Ile Au Trésor

L'île des esclaves

L'illusion comique

L'Ingénu

L'Odyssée

L'Ombre du vent

Lorenzaccio

Madame Bovary

Manon Lescaut

Micromégas

Mon ami Frédéric

Mon bel oranger

Nana

Ne tirez pas sur l'oiseau moqueur

Notre-Dame de Paris

Oliver twist

On ne badine pas avec l'amour

Oscar et la dame rose

Pantagruel

Le Misanthrope

Perceval ou le conte du Graal

Phèdre

Ravage

Roméo et Juliette

Ruy Blas

Sa Majesté des Mouches

Si c'est un homme

Stupeur et tremblements

Supplément au voyage de Bougainville

Tanguy

Thérèse Desqueyroux

Thérèse Raquin

Ubu Roi

Un Barrage contre le Pacifique

Un long dimanche de fiançailles

Un secret

Vendredi ou la vie sauvage

Vipère au poing

Voyage au bout de la nuit

Voyage au centre de la terre

Yvain ou le Chevalier au lion

Zadig

À propos de la collection

La série FichesdeLecture.com offre des contenus éducatifs aux étudiants et aux professeurs tels que : des résumés, des analyses littéraires, des questionnaires et des commentaires sur la littérature moderne et classique. Nos documents sont prévus comme des compléments à la lecture des oeuvres originales et aide les étudiants à comprendre la littérature.

Fondé en 2001, notre site FichesdeLectures.com s'est développé très rapidement et propose désormais plus de 2500 documents directement téléchargeables en ligne, devenant ainsi le premier site d'analyses littéraires en ligne de langue française.

FichesdeLecture est partenaire du Ministère de l'Education du Luxembourg depuis 2009.

Plus d'informations sur www.fichesdelecture.com

Notes :